じてんしゃのほねやすみ

村上しいこ　さく
長谷川義史　え

PHP

1　じてんしゃ　さわぐ

ばんごはんの　とき、
ぼくは、
どきどきしながら
いった。
「こどもみこし、
ぼく、
いちばん　まえを、

かつぐことに
なった」
するとと、
「とうぜんや。
わしに　にて、
おまえ、
かっこいいから」
おとうちゃん、
うれしそうに、
ビールを　ごくり。

「けんいちが、一日《いちにち》も　やすまず、れんしゅう　いってるの、みとめられたんやな」

おかあちゃんも、にっこにこ。

ほんとうは、ちがうけど、いえなかった。

そのときだ。

「わっしょい、わっしょい。わっしょい、わっしょい」

声《こえ》が、きこえてきた。

「いったい　なんやろ？」

おかあちゃんが、
にわの　ほうを　見《み》る。
「わしが　見《み》てきたろ」
おとうちゃん、
すぐに、たちあがった。
ぼくも、
あとに　ついた。
ろうかの
カーテンを、
あけて　びっくり。

「けんいち。あっ、あれ　なんや……」

おとうちゃん、声《こえ》が　ふるえてる。

「ぼくの、じてんしゃみたいやけど……」

じてんしゃの　ハンドルが　手《て》に　なって、

「わっしょい、わっしょい」いいながら、ぐるぐる
にわを　まわってる。

うしろの　タイヤだけで、じょうずに　たってる。

「あんたら、なに、ぼーっと　見《み》てんの」
いつのまにか　おかあちゃん、うしろに　いた。
おとうちゃん、声《こえ》が　でない　かわりに、にわを
ゆびさした。おかあちゃんも、外《そと》を　見《み》て　おどろいたけど、
すぐ　戸《と》を　あけた。
「ちょっと　おたく、なにしてますの」

じてんしゃは、うしろの　タイヤで　たったまま、
こっちを　むいた。
まえの　かごに、目《め》も　はなも、口《くち》も　ついていた。
「ばけもんや。そうか、わかった。いまのは、のろいの
おどりや。きっと　この家《いえ》を、のろうつもりなんや」
おとうちゃん、さわぐ。

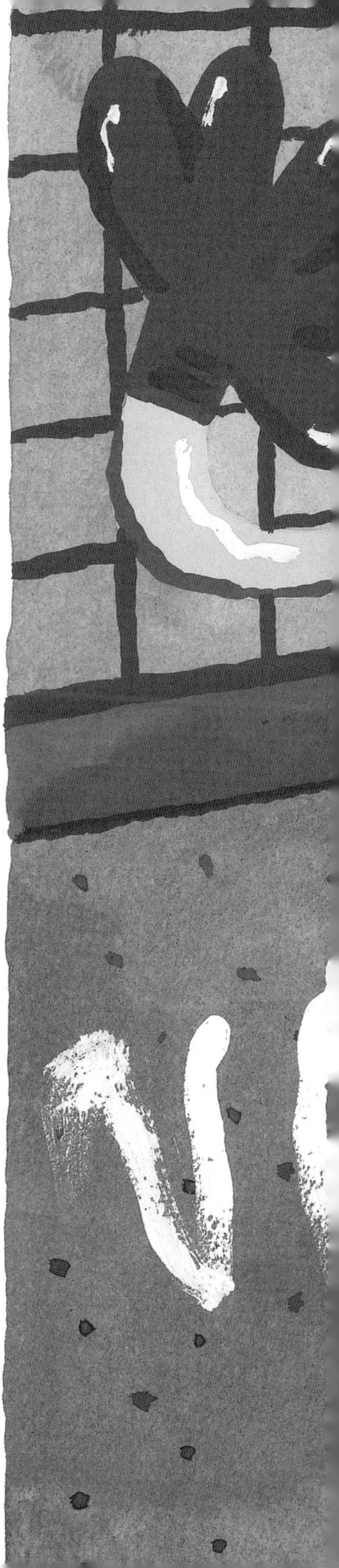

とたんに、

「そんなこと、するわけないでしょ。わたし、けんいちくんの、じてんしゃですよ。たしかに、のろいかもしれませんけど」

そういって　じてんしゃは、てへっと　わらった。

「のろいと　のろい。なるほど、おもしろい　ダジャレや。わるい　やつでは　なさそうやな」

おとうちゃん、へんな　ところで　なっとく。けど、おかあちゃんは、じっと　にらんだまま。

「それより、ちゃんと、しつもんに　こたえて。こんな時間《じかん》に、なに　さわいでますの」

すると、じてんしゃは、きゅうに　もじもじ。

「あのう、わたし　まいにち、けんいちくんを　神社《じんじゃ》まで
のせていってますよね」

「そりゃそうや。そのための、じてんしゃなんやから」

「じつは、けんいちくんを　見《み》てて、わたしも
やりたくなったんです」

「やりたい？　なにを？」

「わっしょい、わっしょいっていうの」

「なんやて！　みこし　かつぐてか！」

おかあちゃん、あきれて　目《め》が　てん。

「じてんしゃが、みこし　かつぐなんて、きいたこと　ない」

じてんしゃは、しゅんと　うなだれた。

おかあちゃん、ちょっと　つめたい。

「なあ、なんとかしてあげて」

ぼくが　いっても、

「なんとかなぁ……」

おかあちゃん、
うでぐみして、

「うーん」と　うなった。

「ほら、じてんしゃ　買《か》ったとき、おかあちゃん、
いうてたやん」
「えっ?　なんか　いうてた?」

「かぞくの　いちいんやと　おもって、だいじに
しなさいって」

　すると　おかあちゃん、にっこり　わらって、

「えらいな　けんいち。そんなこと、おぼえてたんや。

わかった。じゃあ、こどもみこしの　だんちょうさんに、
たのんでみる」

「よかったな、じてんしゃ」

「ありがとう、けんいちくん。いい　おかあさんやな」

　じてんしゃは、にっこり。

「なあ　けんいち。
わしも　なんか、ええこと
いうてなかったか」
おとうちゃんが　きく。
かんがえても、
なにも　でてこない。
すると　じてんしゃが、
「わたし　おぼえてる。
てんいんさんに、
じてんしゃ　買《か》うから、

空気《くうき》いれ、
おまけ
してくれって、
こまらせてた」
「そうや。ぼく、
はずかしかった」
「いらんこと、
おもいださんかて、　いい」
　おとうちゃん、
しぶい　顔《かお》。

「はっぴも　たのまんと　アカンな」

おかあちゃんが　いうと、

「やったあ！　ゆめみたい」

じてんしゃは、キャッキャ、はしゃいだ。

あしたの　れんしゅうが、まちどおしくなった。

2　じてんしゃ　ばてる

つぎの日《ひ》の　ゆうがた、おかあちゃんは
だんちょうさんに、話《はなし》を　してくれた。

「それは　いいけど、おみこし　かつげるの？」

しんぱいそうに　きかれると、

「だいじょうぶ。きのうの　夜《よる》、にわを　百回《ひゃっかい》　まわりました」

じてんしゃは、じしんまんまんで　こたえた。

「いや、これは、何回《なんかい》　まわるとか、そういうもんでもないんやけど」
だんちょうさんが、頭《あたま》を　かく。

すると　よこから、
いじめっこが、
「こんな、ほねばっかりの
やつに、おみこし
かつげるわけ　ないやろ」
そういって、力《ちから》こぶを
じまんした。
いやな　やつ。
「やってみな、
わからんやろ」

けど、やってみて
すぐ　わかった。
じてんしゃは
ぜんぜん　力《ちから》が　なかった。
おまけに、へんな
しつもんまで　してくる。
「けんいちくん、
みこしって、
なんで　こんなに
おもたいんですか」

そして、きゅうけいに　なると、

「やっぱり、やめといたほうが、よかったかも」

じてんしゃは、もう、よわきに　なってる。

たしかに、うしろの　タイヤだけで　たってるの、
しんどそう。

「だいじょうぶ。いっしょに　れんしゅうしよ」

なぐさめてたら、いじめっこが　やってきた。

「こら、けんいち。その　へんな　やつが、
よろよろするから、こっちまで　こけそうに　なったやろ」

「まだ、なれてないだけや」

ほんと、はらたつ。

ところが、そのあとの　れんしゅうで、じてんしゃは、
石《いし》に　つまずき、ころんでしまった。
みこしは、だいじょうぶだったけど、じてんしゃは
なきだして、かえってしまった。
「けんいちと　いっしょで、こんじょうなしや」
バカに　されても、いいかえせない。

まつ
まつり
まつり
まつり

家《いえ》に　かえると、すぐ、じてんしゃを　さがした。
ものおきの　かげで、ぼんやりしてた。
「なんで、さきに　かえったんや」
「ごめん」
「べつに、あやまって
ほしいのやない。
せっかく　いっしょに、
みこし　かつげるのに」
「けど　やっぱり、
わたしには、

そんな　力《ちから》ない」
じてんしゃは、
うつむいたまま。
「なかったら、
つけたら　いいやん。
ぼくも　いっしょに、
がんばる」
手《て》を　とると、
「ありがとう」
じてんしゃは、やっと　わらった。

夜《よる》、ぼくは
じてんしゃと
走《はし》った。
おとうちゃんも
いっしょ。
うしろの
タイヤだけで、
走《はし》るの、
たいへんみたい。
「だいじょうぶか？」

声《こえ》を　かけると、
「走《はし》ってると、
いろんな
においが　して、
おもしろいです」
じてんしゃは、
わらった。

「ほんまや。ここの　家《いえ》、きょうは　カレーやな」

おとうちゃんの　おなかが、ぐうーっと　なる。

「おすしの　においが　する」

ぼくは、かいてんずしに、いきたくなった。

「こっちからは、おこのみやき」

へえ、じてんしゃ、おこのみやき、しってるんや。

家《いえ》に
かえると、
こんどは、
うでずもうで
力《ちから》を　つけた。
じてんしゃは、
顔《かお》を　まっ赤《か》に
して、何回《なんかい》も、
おとうちゃんに
ちょうせんした。

三人《さんにん》で、おふろに
はいって、あせを
ながすと、
「どや、じしん　ついたか。
毎日《まいにち》の　つみかさねが、
だいじやからな」
おとうちゃんが　いう。
「はいっ！」
じてんしゃは、
元気《げんき》に　こたえた。

つぎの日《ひ》も、また　その　つぎの日《ひ》も、じてんしゃは
がんばった。
けど、かんたんに、力《ちから》は　つかない。
きょうも、ころびそうに　なった。
しかも、いじめっこだけじゃなく、ほかの　子《こ》も、
「こんなんでは、ぼくら　こわくて、みこし　かつげへん」
だんちょうさんに　うったえた。
「せやな、じこが　あってからでは、おそいしな。どや、
けんいちくん、ちょっと　かんがえてみてくれへんかな」
だんちょうさんが、うでぐみする。

まるで、じてんしゃは、みこしを　かつぐの、
あきらめてくれと　いってるみたい。

「うしろの、つなを　もつ
ばしょでも　いいから、
おねがいします」
　ぼくが　たのむと、
だんちょうさんは、
「うしろなら
いいけど、けんいちくんも
いっしょやで」
「はい、それで　いいです」
　すると、

「やったぁ、
おれが　まえに　たつ」
いじめっこが、
なのりでた。

ばんごはんの　とき、
おとうちゃんが　いった。
「わし、しゃしん
とるから、
ええ　顔《かお》してや」
「しゃしん？」
「金賞《きんしょう》、とるからな」
するとおかあちゃん、
「あはは。おとうちゃんな、
おまつりフォトコンクールに、

だすんやて。
ちゃんと、とれるかな」
「だいじょうぶや。
けんいち、
いちばん　まえを、
かつぐんやから」
どきっとした。
大《だい》すきな
エビフライが、
のどに　つっかえる。

「どないした、けんいち。こまった　顔《かお》して」

おとうちゃんに　きかれて、正直《しょうじき》に　いった。

すると　おとうちゃん、口《くち》を　への字《じ》に　まげた。

「うーん、じしんだけでは、どうにも　ならんことも、あるからなあ」

「やっぱり、うしろの　タイヤだけで、たつのは、たいへんなんやろな」

おかあちゃんが、いったとたん、

「そうか！　その手《て》が　あった」

おとうちゃん、パンと　手《て》を　たたいた。

3　じてんしゃ　かえてみる

つぎの日《ひ》、ぼくは
おとうちゃんと、
じてんしゃやさんへ
いった。
もちろん、
じてんしゃも
いっしょ。

「さいきょうの
タイヤを、
つけてほしいんや」
おとうちゃんが、
たのむと、
じてんしゃやの
おじさんは、首《くび》を　かしげた。
「けど　これ　ふつうの、子《こ》どもようじてんしゃやけど」
「ええねん。ほら、マウンテンバイクようとか、ごっつい
タイヤが　あるやろ」

「あることは、ありますけど、本体《ほんたい》が　これやからねえ……」
「そんなこと　いわんと、たのむから」
けっきょく、おとうちゃんが、おしきった。
タイヤだけ、
ごっついのに
かえて、外《そと》へ　でた。
「せっかくやから、
けんいち　のってみ」
おとうちゃんに
いわれて、ぼくは、

じてんしゃに
のった。
だんだん
かるくなってきて、
あんしん、
らくちん。
「すごい　すごい」
足《あし》の　うらが、
そのまま、じめんを
ふみしめてる　かんじ。

家《いえ》に　かえると、おかあちゃんも、じてんしゃを　見《み》て
びっくり。

「えらい、りっぱに　なって」

「あたらしい　タイヤ、どう？」

ぼくが　きいても、じてんしゃは、こたえなかった。

「これで　また、いちばん　まえに　してもらえるな」

おとうちゃん、うれしそう。ぼくは、だまったままの
じてんしゃが、気《き》に　なった。

つぎの日《ひ》。
じてんしゃは、
なんだか　ぼんやりしてた。
どうしたんやろ。
「はやく。れんしゅう　いくで」
よんでも、にわの
すみから　うごかない。
そばへ　いくと、
ぽつりと　いった。
「ひとばん、

かんがえたけど、
やっぱり　わたし、
やめときます」
　じてんしゃの
目《め》が　赤《あか》い。
「どうしたんや。
せっかく、りっぱな
タイヤに　したのに」
「けど、じぶんの　体《からだ》じゃ、ないみたいなんです。
わがままかもしれないけど、こんなの　いやです」

たしかに、へんかも。

「やっぱり、もとの　じぶんが　いいです。けんいちくん、わかってもらえるかな」

「うん、わかる。ちがう　人《ひと》の　くつを、はいてるかんじなんやろ」

きっと、心《こころ》の　なかが、くつずれしたみたいに、ひりひりしてるんや。

「よし。じゃあ、タイヤを　また、もとどおりに、かえてもらお」

すると　じてんしゃは、首《くび》を　よこに　ふった。

「そやけど、せっかく、おとうさんが　かんがえてくれたのに」

「だいじょうぶ。だまってたら、わからへん。おとうちゃん、けっこう　ぼんやりしてるから」

「それって、
だましてることに、
なりませんか」
「だれでも、
いえないことの、
ひとつや　ふたつ
あるって」
「そうなんですか」
「ぼくかて、
いちばん

まえに　なれたん、
じゃんけんで
かっただけやん。
おとうちゃんたちには、
けっきょく
いいだせなかったけど」
「へえっー」
じてんしゃが、
やっと
えがおに　なった。

れんしゅうの　かえり、じてんしゃやさんに　よって、
タイヤを　もとに　もどしてもらった。
「どうや、じてんしゃ？」
「からだも、心《こころ》も、かるくなったみたい」
ちりんちりんと　ならす　ベルの　音《おと》が、いつもより、
よく　ひびく。

そして、
まつりの日《ひ》に　なった。
みこしから、
紅白《こうはく》の、太《ふと》い
つなが　のびている。
ぼくと、
じてんしゃは、
その　いちばん
うしろを
もって　すすんだ。

めだつ
ばしょじゃないけど、
かけ声《ごえ》だけは、
だれにも　まけない。
「わっしょい、
わっしょい。
わっしょい、
わっしょい」
せいいっぱい、
声《こえ》を　はりあげた。

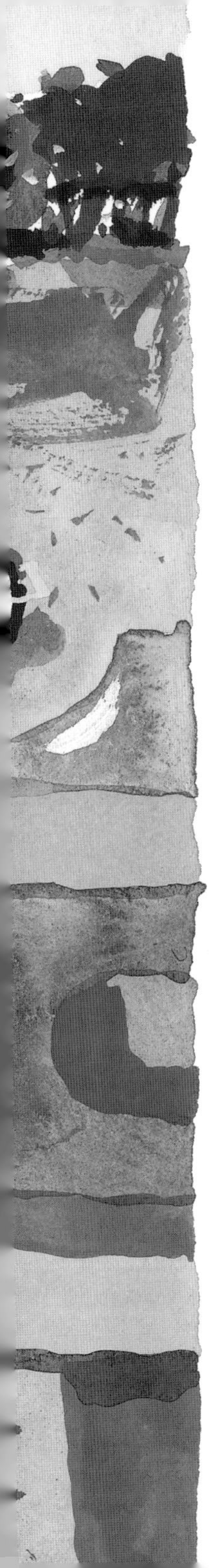

みこしが　おわると、けいだいで、やきそばや、
とうもろこしを　たべた。
ふと　見《み》ると、じてんしゃが　いない。
あわてて　さがすと、けいだいの　すみっこで、もう
一台《いちだい》の　じてんしゃと、しゃべっていた。
「あっ、けんいちくん。わたしの　ともだちです。きょう、
いちばん　まえを　かついでいた　あの子《こ》の　じてんしゃ」
「えっ？　いじめっこの？」

やきそば
とうもろこし
たこやき
ま

ぼくは、おどろいた。
だって、その　じてんしゃの　うしろの　タイヤには、
まだ　ほじょりんが　ついていた。
「あいつ、まだ、こんなん　つけてるんや」

さっそく、みんなに　いってやろうと　おもって、
やっぱり　やめた。
だれにでも、いいたくない　ことや、いってほしくない
ことって、あるもんな。

夜《よる》、おとうちゃんの　とった　しゃしんが、もう、
できあがってきた。
「なにこれ。けんいちの　頭《あたま》、
きれてるやないの」
「こっちのは、
ぼくの　体《からだ》が　ない」
「おかしいなあ。じしん、
あったんやけどな」
おとうちゃんが　いうから、
「じぶんで　いうてたやろ。

じしんだけでは、どうにも
ならんことが　あるって」

「がはは。こりゃ、
けんいちに　やられたな。
ビール　もう　一本《いっぽん》」

おとうちゃん、
声《こえ》が　でかい。

じてんしゃも、
うれしそうに、
しゃしんを　のぞきこんでいる。

「さあ、
じてんしゃさん、
あしたから
また、
けんいち
のせて、
しっかり
走《はし》ってや」
おかあちゃんが、
わらいかけると、

「いや、それは
ちょっと。
二《に》、三日《さんにち》、
やすませて
もらえますか」
じてんしゃ、
しぶい　顔《かお》。
「なんやて？
いったい
どういうことや」

するとじてんしゃ、

「あのぅ、いつもやらないことをしたので、あちこち、
ほねがいたくて……」

「けんいち、あんなこというてるけど、どうする？」

もちろんかまわない。

「がはは。これがほんまの、ほねやすみやな」

おとうちゃん、おおよろこび。

夜《よる》、ねる　まえ、トイレに　いこうとしたら、
おかあちゃんに　よばれた。
「けんいち、あれ　見《み》てみ」
カーテンの　すきまから、そっと　にわを　見《み》ると、
「いーち、にーい、さーん、しーい」
ほねが　いたいとか　いってたくせに、じてんしゃは、
筋《きん》トレを　していた。
ぼくは　まどを　あけた。
「もう、みこし　おわったから、ゆっくりしてたら　ええて」

するとじてんしゃ、

「おとうさんが、いってたでしょ。なにごとも、毎日《まいにち》のつみかさねが、だいじやって」

「ほら、わしかて、たまにはええこというやろ」

いつのまにか、おとうちゃん、うしろにたってた。やっぱりちゃんと、いわな。

「あのな、おとうちゃん、みこしのことやけど、じつは」

いいかけると、

「わかってる。だれにかて、いいにくいこと、あんねん」

おとうちゃんの太《ふと》いうでが、ぼくのかたをだいた。

ふとんに　はいってからも、なかなか　ねむれなかった。
これからも、あっちこっち、じてんしゃで　走《はし》りまわろ。
そしたら　きっと、また　じてんしゃが、いいだすに
ちがいない。
「あのぅ、じつは　わたし、まえから
やってみたかったんです……」
って。

「わっしょい、わっしょい。わっしょい、わっしょい」
おまつりの　かけ声《ごえ》が、いつまでも、耳《みみ》の　おくで
ひびいてた。

作　村上しいこ（むらかみ　しいこ）

三重県生まれ。『かめきちのおまかせ自由研究』（岩崎書店）で第37回日本児童文学者協会新人賞、『れいぞうこのなつやすみ』（PHP研究所）で第17回ひろすけ童話賞、『うたうとは小さないのちひろいあげ』（講談社）で第53回野間児童文芸賞を受賞。『とっておきの詩』（PHP研究所）で、第56回青少年読書感想文全国コンクール小学校低学年の部課題図書。主な作品に、「かめきち」シリーズ（岩崎書店）、「しのぶときよしのともだち」シリーズ（WAVE出版）、「日曜日」シリーズ（講談社）、「わがままおやすみ」シリーズ（PHP研究所）などがある。
ホームページ　http://www.geocities.jp/m_shiiko/

絵　長谷川義史（はせがわ　よしふみ）

大阪府生まれ。『おたまさんのおかいさん』（解放出版社）で第34回講談社出版文化賞絵本賞、『いろはにほへと』（BL出版）で第10回日本絵本賞、『ぼくがラーメンたべてるとき』（教育画劇）で、第13回日本絵本賞、第57回小学館児童出版文化賞を受賞。主な作品に「いいからいいから」シリーズ（絵本館）、「パンやのろくちゃん」シリーズ（小学館）、「わがままおやすみ」シリーズ、『うえへまいりまぁす』『まんぷくでぇす』『いっきょくいきまぁす』（以上、PHP研究所）、『だじゃれ日本一周』（理論社）、『大阪うまいもんのうた』（佼成出版社）などがある。
ホームページ　http://www.eonet.ne.jp/~mousebbb/hasegawahp/

装丁デザイン／印牧真和

じてんしゃのほねやすみ

2016年11月24日　第1版第1刷発行
2024年2月20日　第1版第5刷発行

作　村上しいこ
絵　長谷川義史
発行者　永田貴之
発行所　株式会社PHP研究所
東京本部　〒135-8137　江東区豊洲5-6-52
児童書出版部　☎03-3520-9635（編集）
普及部　☎03-3520-9630（販売）
京都本部　〒601-8411　京都市南区西九条北ノ内町11
PHP INTERFACE　https://www.php.co.jp/
印刷所・製本所　図書印刷株式会社
組　版　株式会社PHPエディターズ・グループ

ISBN978-4-569-78323-9

NDC913　79P　22cm